Unsere gemeinsamen Tage

Inhalt

1. Story
Ha...
Hallo und ...
... herzlich willkommen!
Ich rekrutiere ...
... neue Mitglieder ...
... f... für unseren Klub ...
ROTIER
ROTIER

War...!
DOMP
Tut mir leid! Entschuldige vielmals!
Ah!
Klub für Elektrotechnik Rekrutierung neuer Mitglieder
FLATTER
Aaaaah...
Klub für Elektrotechnik Rekrutierung neuer Mitglieder
KNIRSCH
SCHOCK
KRUSCH
Aber das kann ich schlecht sagen ...
T... Trampel doch nicht drauf!
Ich bin selbst schuld, dass ich sie hab fallen lassen.

Ich hab meine nicht vorhandenen Kommunikationsfähigkeiten noch nie so verflucht wie heute ...
Wenn ich weiterhin keinen einzigen Zettel unter die Leute krieg und der Klub deswegen schließen muss ...
... werde ich ...
RASCHEL

POFF
POFF
Hah!
M...!
Mein Zettel!
Ähm
...

Vielen Dank ...
SWUSCH
Kyah!
Enokiii!
DODODOM
DODOM
A... A... A... Alles okay bei dir?!
Du hattest doch gerade mit einem Normalo zu tun, nicht?!
Hat er dir auch nichts angetan?!
Hä?!
PACK
Norma...

Natürlich hat er mir nichts angetan!
Er hat vielmehr den Zettel für mich aufgehoben ...
Naiv! Du bist zu naiv, Enoki!
Normalos sind unsere Feinde! Sie sind Geschöpfe, die uns mit ihren messerscharfen Worten verletzen und unser Selbstbewusstsein zerschlagen! Nimm dich also stets in Acht!
Präsident Aonegi hat eine Allergie gegen Normalos!
Hah ...
...
Für so jemanden ...
... halte ich ihn aber nicht ...
So! Wie viele Zettel hast du ausgeteilt, Enoki?
Ah! Ähm .. Erst einen Zettel. Echt erbärmlich ...
Hmpf!
Na, kein Grund sich davon runterziehen zu lassen! Ab jetzt geht's richtig los!
Muntere ihn nicht mit so was Negativem auf, Yudofu!
Ganz genau! Außerdem haben der Präsident und ich auch noch nichts erreichen können!

*entspricht der 10. Klasse

**Nerd, extremer Fan

Eine Klubschließung?!
Das ist doch lächerlich an diesem Punkt!
DOWN
Unsere Zeit war kurz, aber es war echt lustig mit dir, Enoki ...!
Nicht doch, Yudofu!
Gib nicht so leicht auf!
Glücklicherweise hat unser Klub bereits drei Mitglieder!
Wenn wir noch jemandem anwerben, können wir die Klubschließung verhindern!
Lasst uns ein neues Mitglied rekrutieren!
J... Jaa ...!
Seit der Einschulungsfeier ist schon ein halbes Jahr vergangen. Wird eine knifflige Angelegenheit, jetzt noch wen einzuladen ...
Und aus diesen Gründen ...
... fingen wir an, einen Flyer-Austeilungsplan auszuklügeln!
Klub für Elektrotechn
Rekrutierung neuer Mitglieder
Öffne mit uns das Tor in eine neue Welt!

Ich hab zwar fast die Hoffnung aufgegeben ...
... aber endlich hat eine Person einen Zettel angenommen!
Klub für Elektrotechnik
Rekrutierung
Ich muss mich noch mehr anstrengen!
Verteil noch mehr, Enoki!
Ja!
LÄRM
LÄRM

TUSCHEL
TUSCHEL
LINS
LINS
Kyaaah!
Oh Mann sind die heu-te wieder nervig!
Und dabei scheint das Gesprächs-thema Num-mer eins ...
... sich kein Stück dafür zu interes-sieren.
TIPP
mit uns das Tor
eine neue Welt!

»Du bist etwas zu sehr auf das eine fokussiert, Ryosuke!«
»Warum probierst du nicht mal was anderes?«
»Vielleicht eröffnet sich dir ja eine neue Welt?«
TIPP
Eine neue Welt, was ...?
KLICK
Klasse:
Name:

Wir haben ...
... ein neues Mitglied?!
H... Herr Lehrer, wie lautet der Name dieses vielversprechenden Schülers?!
NICK NICK
ÜBERGLÜCKLICH
Ryosuke Shirataki ...
Klasse: 1-D
ame: Ryosuke Shirataki
Der Name klingt schon mal cool und sympathisch.
Ah! Er ist genauso wie ich im ersten Jahr.
Unglaublich!
Nanu ...? Dieser Name ...

I... Ich laufe zu seiner Klasse und bring ihn mit! Wäre ja schreck- lich, wenn er sich ver- laufen würde!
Ah! Enoki!
PATAMM ← KRIEEK
Was denn? Passt dir et- was nicht, Yudofu?
Hm, der Name kommt mir bekannt vor ...
Ich bin mir sicher, um die Person wurde bei der Einschulung viel Wind ge- macht.
Ja, genau das ist er!
Der Typ, der an jenem Tag auf Enoki traf ...
TAPP TAPP TAPP TAPP
1-D!
1-D

SCHWUPP
Entschul-digung!
STARR
Ugh!
...
Ähm, ich ...
... suche Ryosuke Shirata-ki ...
Das bin ich.
SCHRECK

Ich wollte gerade nach Hause.
Wenn du was von mir willst, mach schnell ...
POCH
POCH
POCH
Du bist doch ...!
Ah!
Der von neu...
SCHRECK
Bist du nicht der von neu-lich?!
Wah!
Du bist also Shirataki!

ガしっ!!
BATSC
Vielen herzlichen Dank, dass du uns vor der Katastrophe in Form der Auflösung unseres Klubs bewahrt hast!
Herzlich willkommen im Klub für Elektrotechnik!
So, dann komm mal mit!
Hey! Warte mal!
Was war das denn ...?
Der Prinz und der Pilzkopf ...

Tritt ein in die Hallen des Tech-Klubs!
Wir heißen dich willkommen!
Steht ihr nicht etwas weit entfernt?
Das bildest du dir ein!
Es ist tatsächlich der berüchtigte Normalo ...
»Er sieht toll aus! Hat 'nen hammermäßigen Körper! Ne super Stimme!« So haben die Mädels aus meiner Klasse die ganze Zeit rumgelärmt ...
Ugh ...! Aus welchem Grund kommt ein Exemplar der höchsten Kaste zu unserem Klub?! Das ist wirklich sehr seltsam ...
FLÜSTER
FLÜSTER
FLÜSTER

Hört auf zu flüstern und erklärt mir mal lieber den Inhalt eurer Klubaktivitäten!
Du bist der Präsident, oder nicht?
Er spricht direkt so unhöflich mit mir! Und obwohl ich ihm nichts getan habe, sieht er voll auf mich herab! Das regt mich auf!
Hmpf! Na gut! Ich erklär's dir!
Vielleicht hast du gehört, dass man uns als eine Ansammlung von Außenseitern oder eine Pilzkopffarm bezeichnet. In Wahrheit sind wir jedoch die Top-Tech-Experten unserer Schule!
Da wäre zunächst unser Neuling Enoki!
Seine Spezialität ist das Erstellen von 2D Games! Er ist der aktuelle Newcomer!
D... Danke, zu viel der Ehre ...
WUSCH
Und das ist unser Klub für Elektrotechnik!
Und das ist Yudofu aus dem zweiten Jahr! Er ist die wandelnde Nerd-Enzyklopädie! Du kannst ihn alles fragen!
Er entwickelt momentan mit Feuereifer einen beweglichen Roboter in Katzengestalt!
Ich find's seltsam, dass es 'nen Hund gibt, aber keine Katze.

Und ich bin Aonegi, der Klub-präsident!
ZACK
Bestaune dieses detaillierte und umfangreiche Programm-Skript! Wunderschön, nicht wahr?!
Das soll was Großartiges sein?
Präsident Aonegi ist der Wahnsinn!
Huch! Präsident, hast du den Fehler in dem Abschnitt noch nicht berichtigt?
Sag das doch nicht in so einem Moment!
KEIF
Wah!
SEUFZ

Das ist der Klub für Elektrotech-nik!
Tadaaah!
Alles klar soweit?!
Gut!
'Kay, alles klar ...
Ich weiß jetzt ...
... dass ich keinerlei Interes-se hieran hab.
Ah ...?!

H... Hast du denn nicht einen Antrag auf Eintritt in diesen Klub gestellt, weil's dich irgendwie interessiert?
Ich hab mich angemeldet, weil ich dachte, dass ich eventuell ein Interesse dafür entwickeln könnte.
Aber ...
SNAP
... das war wohl eine Fehleinschätzung.
Fehl ...?!
Es liegt nicht an euch.
Ich selbst bin hier ...
... wahrscheinlich das Problem.
Versteht mich bitte nicht falsch.

Natürlich hab ich nicht vor, so was Unverantwortliches zu machen, wie direkt nach dem Eintritt wieder aus eurem Klub auszutreten.
Das Fortbestehen eures Klubs hängt immerhin davon ab, nicht wahr?
Daher bleib ich hier, bis ihr wen anderen gefunden habt.
Es wird sicher reichen, wenn ich mich einmal die Woche blicken lasse, oder ...?
KRIEEK
KRIEEK
KRIEEK
Ich geh jetzt mal nach Hause!
Gute Arbeit!
PATAMM
EXPLODIER
F... F... F... Für wen hält sich der Kerl bitte?!
Na, na, na, Präsident Aonegi!
Hauptsache das Ergebnis stimmt! Ist doch viel leichter so, als wenn wir den täglich an der Backe hätten!
Ach so ... Er wird also nicht täglich kommen ...

Hach ...
Hä?!
W... Was ist denn mit dir, Enoki?! Was war das für ein Riesenseufzer?!
Findest du es etwa schade, dass er nicht kommt ...?! Du hast doch nicht etwa ...
... Gefallen an ihm gefunden?!
Hä?!
Das hast du gemerkt?!
Es stimmt ... Ich platze fast ...

So einen coolen Typen sehe ich zum ersten Mal!
... vor Bewunderung für ihn als Mann!
Hmpf! Lass als Mann Taten statt Worte sprechen ...
Gefühlskalt + Stark = Cool
PRESS
E... Enoki! Aber hast du denn nicht meine Programmierkünste bewundert?!
Ja, natürlich! Meine Bewunderung gilt für dich als Technologie-Experten, Präsident ...
Bei Shirataki gilt meine Bewunderung für ihn als Menschen sozusagen ...
Ich werd das Gefühl nicht los, als würde ich hier irgendwie gegen ihn verlieren!
Ja, du verlierst gerade total!
Warum befindet sich der heiße Kerl aus dem ersten Jahr in der Pilzkopffarm ...? Auf diese Weise wurde der Tech-Klub zum Gesprächsthema Nummer eins.
Wie unhöflich!

KRIEEK
KRIEEK
Yo!
Ah!
ZUCK
G... Guten Tag, Shirataki!
Wo sind die anderen?
Einkaufen! ie müssten n Kürze zu- ück sein ...
Hmpf ...
Da war es! Ein »Hmpf«!
Das ist so cool ...! Irgendwann möchte ich auch mal versuchen, das so zu sagen. Da sich mir aber nie 'ne Gelegenheit bietet, komm ich nicht dazu ...
HIBBEL
HIBBEL
Ein »Hmpf« hab ich zwar schon oft gehört, aber als Antwort auf etwas, das einen null interessiert ...

LINS
LINS
Woooow! Er chillt einfach nur auf dem Sofa, liest Manga und sieht dabei trotzdem so cool aus!
Aus Enokis Sicht
Das ist so unfair! So gemein!
Hey!
?!
Was schielst du die ganze Zeit hier rüber?
Wenn du mir was zu sagen hast, dann raus damit!

Hä?! Was?! Wie hast du das gemerkt?! Hast du übernatürliche Fähigkeiten?!
Bist du blöd? Dein Tipp-Geräusch hört einfach nur jedes Mal auf!
Ah ...
BADUMM
Ich bin's ja gewohnt, neugierig angeglotzt zu werden ...
... aber die icke, die ich on euch aus m Tech-Klub komme, sind och mal 'ne gene Hausnummer.
Sie sind düster ...
... voller Abneigung ...
... und angewidert!
DING

Wenn ich euch so ein Dorn im Auge bin ...
... braucht ihr's nur zu sagen.
Das ...
Das bist du überhaupt nicht!
KLATTER
Sie haben definitiv kein Problem mit dir selbst, Shirataki!
Womit die anderen sich schwertun, ist deine Normalo-Aura!
Vielmehr finde ich deine Normalo-Aura persönlich ...
... echt cool ...
Ehe he ...
ZUCK

Was bitte ist ein Normalo?!
Stimmt ja! Normalo ist Otaku-Slang ...
Äh, nun, darunter versteht man Menschen, die vollständig in der Realität leben.
Also praktisch das komplette Gegenteil von uns ...
Hmpf!
Dann hab ich er nicht das efühl, dass as auf mich zutrifft ...
Hä ...?
Games ...
Was?!
Du programmierst Spiele, richtig?
Zeig her!
Hä?!

Was?! Du willst es sehen?! Interessiert es dich?!
N... Nun, von all den Sachen in diesem Klub ...
AUFDRÄNG
圧!
... interessiert mich das noch am meisten ...
Ehe he he ... Dann setz dich mal neben mich!
PLOPP
Im Vergleich zu den anderen beiden geht der hier tatsächlich gar nicht auf Distanz. Er scheint vielmehr an mir interessiert ...
Wenn man das hier ...
... so macht ...
KLICK
... passiert das hier ...
KLICK
KLICK
KLICK
KLICK
Hat er das allein programmiert?
Ich weiß ja, dass das der Wahnsinn ist ...
... aber ...

PRESS
Aber ...
... jetzt wo ich das gesehen hab ...
... zweifle ich umso mehr, dass ich da was für mich finde ...
BLA
BLA
BLA
BLA BLA
BLA BLA
BLA BLA BLA BLAAA
Er redet echt wie ein Wasserfall, sobald es um Games geht ...
LINS

Dann verschie man dies Icon ...
... und auf dem Bildschirm ...
Äääääh ...?! Ähm, Shirataki? Schau nicht auf mich, sondern auf den Bild-schirm ...
PACK
Hä?!
Nicht bewe-gen!
Hä?
Ah!
KLATTER
Mo-ment mal ...!

Uwah ...
Ähm ...
RITSCH
Gyaaah!
... sonst treff ich noch daneben ...
Unge-schickt
Ich hab doch gesagt, du sollst dich nicht bewe-gen ...
Häääääää?!

Unmöglich ...
Es wird sich mir an diesem Punkt doch nicht etwa ...
... eine neue Welt ...?
Shi...

Shirataki ...?
Sind wir hier ...
... in einem Manga, oder was?!

2. Story

Ähm, Shirataki ...?
Meine
rille ...
AUFGELÖST
DO DO DO DOM
Tech-Klub-Kick!
KICK
Uwah ...!
Aua!
Plötzlich zeigst du dein wahres Gesicht, du Normalo!
Du tust es mit 'nem anderen Mann! Wie schamlos!
Gar nichts hab ich getan! Das ist ein Missverständnis!
Hä?!

Ich war nur so fasziniert davon, dass seine Augen hinter der Brille so extrem glitzern ...
Hat sein Gesicht denn noch nie euer Interesse geweckt?
Wir sind uns des Geheimnisses ♥ hinter Enokis Brille sehr wohl bewusst!
Das ist unser ganz eigenes Geheimnis!
?
?
Ein Geheimnis? Ich kapier's nicht ...
Wenn er mal ohne Brille herumlaufen würde, würde euren Klub doch niemand mehr als die Pilzkopffarm bezeichnen, oder ...?
BLITZ
Nein, es ist besser so!
So sieht er nämlich viel heißer aus!
Wahaha!
?
Ich check die Kerle echt nicht ...!

KRIEEK
Entschuldigt, ich hab gerade laute Stimmen gehört ...
Ah!
Herr Schulleiter!
Ryosuke Shirataki ...!
Öhöm ...
Dann ist das Gerücht, dass du dem Klub für Elektrotechnik beigetreten bist, also wahr ...
Jupp ...
Er ist 'ne Berühmtheit ...
Das freut mich sehr! Ich hab mir Sorgen gemacht, als ich hörte, dass du dich keinem Klub angeschlossen hast.
Nach allem, was passiert ist, wär es nur verständlich ...
... aber wenn du was anderes gefunden hast, für das du jetzt brennst, dann ist das umso besser!

Herr Schulleiter, was meinen Sie mit »nach dem, was passiert ist«?
ZING
Ach, habt ihr es nicht mitbekommen?
Er war in der Mittelschule ein wirklich fabelhafter Pitcher.
Pitcher ... Es geht also um Baseball?
...
Wäre nichts dazwischen gekommen, wäre es ohne Zweifel die Geburt eines lokalen Stars geworden!
Doch aufgrund einer Schulterverletzung musste er leider zurücktreten. Wirklich schade ...
KRAMPF

Nun, aber jetzt ist Zeit ein neues Kapitel aufzuschlagen, nicht?
Warum genießt du nicht einfach mal dein Leben als Schüler?
Also gut ...
D... Dann entschuldige ich mich jetzt!
Sorry, dass ich euch gestört hab ...
KRIEEK KRIEEK
PATAMM

Das muss immer rumposaunt werden, was?
Echt zum Kotzen ...
STILLE
Ah ...
Ö... Öhöm ...
Shirataki, es scheint, dass du früher mal eine schreckliche Verletzung erlitten hast ...
Spar dir das!
AUSTICK

Sowohl meine Verletzung wie auch mein Rücktritt liegen bereits mehr als ein halbes Jahr zurück.
Alle machen eine Riesensache draus, aber mich berührt das überhaupt nicht.
Ich kann dieses mitleidige Gelaber nicht mehr hören!
Lass uns ganz normal im Klub weitermachen, Präsident.
Er ist so was von ungehobelt ...
Na! Na!

KLICK
KLICK
Er war als Pitcher aktiv ...
... hat sich verletzt und ist zurückgetreten ...
Wenn die älteren Mitschüler da sind, liest er einen Manga in einem Buch
PC Einführung
Dass Shirataki so eine Vergangenheit hat ...
Huch ...
Hier liegt ja ein Knopf. Wem gehört der?
Ah! Mir ...
(Hat Schuldgefühle) Urgh!

Den Knopf hat ihm der Lehrer wieder angenäht.
Einkaufsvi
SCHLURF
SCHLURF
GRÜBEL
GRÜBEL
POFF
POFF
POFF
Dass Shirataki auf diese Weise mit Präsident Aonegi gesprochen hat ...
... bedeutet wohl, dass er nicht möchte, dass da weiter nachgehakt wird.
Das ist nichts, in das ich mich einfach so einmischen darf ...
... aber ich kann nicht aufhören, darüber nachzudenken.

Wie sehr hat Shirataki sich für den Baseball wohl aufgeopfert?
Wir sprechen hier immerhin von jemandem, der in der Mittelschule berühmt geworden ist.
Da werden gewöhnliche Bemühungen nicht ausgereicht haben.
Es ist zwar nichts, was man so einfach vergleichen kann ...
... aber würde man mir zum Beispiel den Computer plötzlich für immer wegnehmen ...
... könnte ich ihn dann mit etwas anderem ersetzen?
Binnen eines halben Jahres ...?
...

Uwargh!
DOMP
E... Ent-schuldi-gung ...
Hä ...?
»Ent-schuldi-gung«?!
Aal
Aah ...!
KADOSCH
BAMM

**ca. 385 Euro

*Spielhalle

Ich hab keine 50.000 Yen bei mir ...
Ach, komm schon! Neuerdings seid ihr Bengel doch alle reich!
Gib mir erstmal deine Brieftasche! Her damit!
Uuh ...
WÜHL
Ich kann nicht richtig atmen und meine Beine sind wie festgefroren.
Weglaufen ist unmöglich ... Was mach ich nur ...?
Huch? Der Kerl scheint 'nen Laptop dabei zu haben!
Das ist ja super! In der Nähe ist doch ein Pfandhaus.
Ja, das ist es.
Wenn du kein Geld hast, dann lass uns den da.
D...
Das ...
... Kommt nicht infrage!

Was?!
WUPP
Häää?!
Du kleiner Scheißer ...!
DOSCH
Ugh!
Soll ich dich mit deinem PC plattmachen?!
PRESS PRESS
Ugh ...! Argh ...!
Gib ihn sofort her!
Nein! Nein! Ich will nicht! Ich will nicht!
Bitte ...

... hilf mir doch je-mand ...
Hey!
Was treibt ihr da?
Das ist ein Schüler aus meiner Schule.

Wer bist d denn
Nimm deinen Fuß sofort runter und verzieh dich ...
... ansons-ten werde ich ...
Ansor ten wi du wo
Die Bullen rufen?
Ich mach dich platt, bevor du das schaffst!
Idiot!
GRAPP

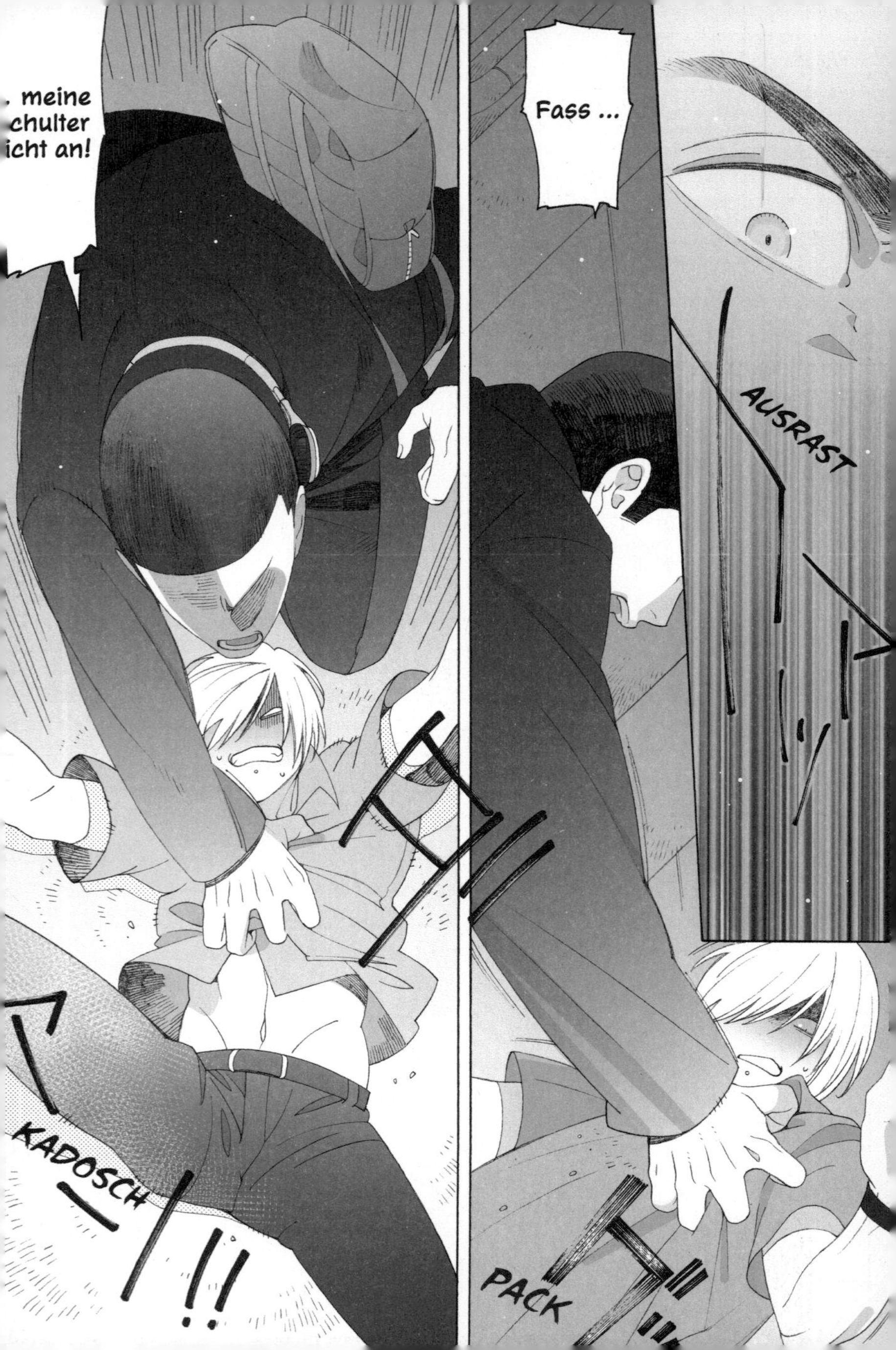
Fass ...
AUSRAST
PACK
. meine
chulter
icht an!
KADOSCH
!!

Uwah ...!
Iiiiek!
DASH
Was geht denn mit dem ab ...?!
KLATTER
KLATTER

KRAMPF
...
W...
Wahn-si...
Wie hast du das gerade gemacht ...?
Tja, bevor ich mit Baseball angefangen hab, hab ich etwas Karate gemacht ...
D... Du bist echt Mister Perfect!

Kannst du aufstehen?
Ja!
Danke ...
Ah ...
PLUMPS
Ha ... ha ha ...
Sieht aus, als hätte ich weiche Kn bekommen ...
Sorry ...
Pf ...

DOMP
PACK
Uwah!
ZERR
Ooh ...
POFF

Du bist echt ...
... ein Schwächling!
Aber du ...
... scheinst Eier zu haben.
Ab nach Hause, bevor du wieder in was Komisches verwickelt wirst!
Ah! Ähm ...!
Warte!

KRALL
Hm?
Erlaube mir, mich bei dir zu bedanken ...

RITSCH
HAMM
Ist dir so ein billiges Eis wirklich recht? Häagen-Dazs wäre auch völlig okay gewesen ...
Ich mochte das schon früher gern.
Vor allem das Wassereis mit der Sahnefüllung.
MAMPF
MAMPF
PEPUCO
Nur ist die Portion leider nicht sehr groß ...
Niete
Wenn du magst, kannst du das Zweite von dem hier haben ...
Nehm ich ...!
Eigennützig

Hat er etwa extra was gewählt, wo zwei drin sind, weil er mir von vornherein eins abgeben wollte?
SLRP
Dass wir zwei Männer uns hier ein Eis teilen ...
Von außen betrachtet wirken wir sicher wie richtig gute Freunde.
Ha ha ... Wahrscheinlich ...
Du bist echt abgedreht!

Für einen zurückhaltenden Menschen wie dich gibt's keinen groBen Unterschied zwischen Kerlen wie denen und mir, nicht?
Riesig, gewalttätig ...
Deswegen sind die anderen auch so vorsichtig mir gegenüber.
Es regt mi zwar auf, a ich kann d Gründe nac vollziehen
Aber ...
... warum scheinst du kein Problem mit mir zu haben?
Na ja, ich hab ...
... nur nie so über dich gedacht ...
Was ist ...?!
SCHOCK

Für mich bist du mega-cool ... und männlich ... und ich bewundere dich ...
Du hast auch eine warme Seite an dir ...
Jedenfalls bist du ganz anders als die Kerle eben!
So viel merk auch ich.
Es wäre schön, wenn auch die anderen das sehen könnten ...

WUSCHEL
Uwah?!
Hast du echt keine Angst? Auch nicht, wenn ich so was mache?!
WUSCHEL WUSCHEL WUSCHEL
Hyaah!
Was soll das plötzlich, Shirataki ...?

Oh ...
Jetzt hab ich's erst bemerkt ...
Shiratakis Iris ist heller als bei anderen ...

DRÜCK
Uh?!
Ha ha!
Was für ein komisches Gesicht!
Ich hab lang nicht mehr so gelacht!

Uwaaaah!
Was ist los?
Was
t das
...?
In meinem Gesicht hat sich unnatürlich viel Hitze angesammelt.
Mir ist so heiß, ich halt's nicht aus ...
Die Abendsonne ist echt riesig ...
Ja ...
... wirklich ganz entzückend ...
Dass Shirataki von der Abendsonne gerade so eingenommen ist, ist meine Rettung.
Wieso sprichst du plötzlich wieder so hochgestochen?!
Red normal mit mir!
Ich hab grad nämlich definitiv ein knallrotes Gesicht.
.. Ich geb
ir Müh...
Na klaro!
Es geht weiter!

3. Story

Uff!
Ähm, Shirataki ...
KRIEE
KRIEE
Hah!
Uff!
KRIEE
... wo sind wir hier?
KNARZ
Hah!
Uff!
In dem Fitnessstudio, das ich öfter mal besuche.
KRIEE
Meinen Körper zu trainieren ist eine Angewohnheit geworden, deswegen tobe ich mich hier gerne aus.
Uff!
KRIEE
Pralle Muskeln ...
Perlender Schweiß ...
Und überall schwarz glänzende Geräte ...

S... Sehen die stark aus!
Das tun sie, was?
He he!
Ah, aber warum hast du mich hierhin mitgenommen?
Na, du bewunderst mich doch.
Das bedeutet im Endeffekt, dass du so werden willst wie ich.
Fehldeutung
Hä?! Äh, ja ... Das stimmt ...
Dann musst du deinen Körper stählen!
Er macht heute 'nen Probetag!
Ok!
Was?!
TADAAA

...
Ich glaub, mir wird übel ...
Hey Junge! Alles okay?!
Pusht Ryosuke dich für den Anfang nicht zu sehr?
Mach doch das gleiche Programm wie wir!
Hä?!
Was?!
GRAB
Hä?!
Nichts da!
Er trainiert mit mir!
Verzieht euch gefälligst!
Tse!
Ich hab das nur gesagt, weil ihr Programm echt übel ist.
Die sind nur auf Krafttraining aus.
POCH
POCH
... Ja ...
kay ....

Enoki!
Uhä?!
DOMP
Es hat dich zwar echt fertiggemacht, aber du hast das ganze Programm durchgehalten!
Ja!
Du hast echt Eier!
SMILE
GERÜHRT
Uh ...
Seit jenem Vorfall zeigte Shirataki mir immer wieder sein Lächeln.
Jedes Mal, wenn ich Shirataki, den ich für einen gefühlskalten ...
... aber überaus coolen Typen hielt, so offen lächeln sah ...

... wurde ich von meinem Herzen, welches auf unerklärliche Weise ...
... zu beben begann, regelrecht durchgerüttelt.
Hach ...
SEUFZ
Was ist los, Enoki?
Bereitet dir etwas Sorgen?
Ah, nein, alles gut.
SST
SST
SST
KNARZ
Ich frag mich nur ...
... ob Shirataki heute nicht kommt ...

Er nimmt in letzter Zeit richtig am Klub teil, nicht wahr?
Er liest auch nicht mehr heimlich seine Manga!
An Arbeitstagen ist es aber immer mal so mal so, nicht?
Ganz genau!
Ich freue mich, dass er jetzt Interesse an unseren Klubaktivitäten gefunden hat ...
Ich freu mich ...
Ob es dem Gefühl sich zu freuen ähnlich ist ...?
Hm ...
Du runzelst die Stirn!
Du machst dir tatsächlich über etwas Sorgen, Enoki!
Mann! Yudofu!
PIEKS
PIEKS
Muhi hi hi!
Sorgen ...
Ob man das wirklich als Sorgen bezeichnen kann ...?

Wenn ich in letzter Zeit das lächelnde Gesicht einer bestimmten Person sehe ...
... bekomme ich Herzklopfen.
Ich fang egelrecht n zu glühen ...
Und weil die Person niemand ist, die häufig lächelt ...
... dachte ich mir, dass mich dieser plötzliche Unterschied einfach nur überrascht hat ...
Aber egal wie viel Zeit verstreicht, es geht mir jedes Mal so.
Woran könnte das bloß liegen ...?
E...
ZITTER
Enoki ...
ZITTER

*distanzierte, zynische Charaktere, die kaum Gefühle zeigen

Die Gefühle, die du für sie hegst, beschreiben definitiv ein Faible für Kudere-Typen!
Lies dir das also bitte durch und überprüf es!
Ähm, um eine Frau handelt es sich bei der Person ...
Ah, nein, egal, mach ich ...
Hmm ...
LOVEMAX
Niemals würde sie ewige Liebe für mich empfinden
2
Ich kapiere, dass Isabella der coole Liebestyp und daher niedlich ist ...
... aber ich versteh nicht, was das mit Shirataki zu tun haben soll ...
Ich hab das Ge- ühl, ich mpfinde was an- eres als ine Vor- liebe ...

Shi-
rataki ist
mehr ...

SEUFZ
Aber wie ...
... soll ich dieses Gefühl sonst bezeichnen?
Ich glaub ...
... ich bin in dich verliebt ...
...

Nein! Nein! Nein! Neeein!
Belassen wir es bei einem Faible für Kudere-Typen!
Junpei, Essen ist fertig!
Shiratal
BRUTZEL
Oh! Das riecht gut!
FSSCH
Bin wieder zu Hause!
Willkommen zurück.

Pa!
Ich hab dir doch gesagt, du sollst die Wäsche nicht draußen aufhängen, wenn das Wetter unbeständig ist!
TOCK
Ach, ist sie nass geworden?
Ich hab mich beeilt nach Hause zu kommen und konnte sie noch rechtzeitig retten.
Dann ist doch alles gut.
Auch nur deswegen, weil letztes Mal genau das passiert ist und die Wäsche klitschnass war!
SAUER
Du bist deiner Mutter echt so ähnlich, Ryosuke!
Oh nein, sorry! Tut mir leid!
Und du bist zu nachlässig, Pa!
Sorry!
GROLL
GROLL
GROLL

Mann!
Genau deswegen hat Mutter uns ...
Hah ...!
KLACKER
...
Mir tut's auch leid ...
Ja ...
Tut mir leid, Ryo-suke.

Ah!
Oh, Enoki!
Shirataki!
Morgen!
Heh ...
Japp, es ist wirklich was völlig anderes ...
?
Hmpf!

Warum träumst du so vor dich hin?
Hast du gestern genug geschlafen?
NÄHER
Japp!
H... Hab geschlafen!
Sicher?!
WUSCHEL
WUSCHEL
DOINK
Uwaaah! ////
BWWW
BWWW
Sag mal, Shirataki ...
... magst du heute nicht zum Klub ...
Sorry ...

Ich komm heut nicht.
DING
DONG
TIPP
TIPP
Da hockt er still und ist deprimiert ...
Ob er die Nebenheldin Elisa ins Herz geschlossen hat ...?
War immerhin ziemlich gemein, wie sie abgewiesen wurde.
Shirataki kommt auch heute nicht, was?
POCH

O...
Ob ...
... er sich mit der besagten lieblichen Dame von der anderen Schule trifft?
Hä ...?
W... Was meinst du, Yudofu?!
ZUCK
Hä? Ah ja ... Das Gerücht hab ich auch gehört.
Ein Mädchen, das für ihn schwärmt, hat sich von seinen Gefühlen verleiten lassen und ist ihm nach der Schule gefolgt.
Dabei ist sie Zeugin geworden, wie er ein Rendezvous mit einer Schönheit aus einer anderen Schule hatte. Sie hat einen üblen Schock erlitten ...

Und es gibt vom Ort des Geschehens mehrere Augenzeugenberichte.
Na ja, wobei ich es schon fragwürdig finde, ihn zu verfolgen ...
er Typ at echt eine Pri- tsphäre, as ...?
Da kann er einem echt leidtun, aber ein Rendezvous mit einem Mädchen aus einer anderen Schule?
Wenn er wirklich aus diesem Grund den Klub schwänzt, ist das ein Riesenproblem ...
Jaaa, nun ...
BAMM
Als Tech-Klub ...
... ist es erforderlich, dass wir die Wahrheit herausfinden!

Es ist noch nicht viel Zeit verstrichen. Lasst uns zum besagten Ort gehen.
Yudofu, weißt du, wo es ist?
Ja, aber ist das wirklich eine gute Idee?
Ich möchte mich mit eigenen Augen überzeugen.
Enoki ...
... las uns g hen.
Du machst dir doch auch Gedanken um Shirataki, nicht?
Uh ...
Ich ...
Ich will nicht mit ...

Ich will's nicht wissen ... Ich will mich nicht vergewissern ...
Warum ...?
Gibt es ...
... etwa einen Grund, warum du nicht mitkommen willst?
D...
Doch, ich gehe mit ...
?

リラクゼーシ

Sie ist eine Schönheit! Die reinste Augenweide! Nichts anderes war von Shirataki zu erwarten!
Das ist jetzt kaum der Moment ihn zu bewundern!
Wir werden Shirataki demnächst verwarnen müssen ...
Du traust dich von Angesicht zu Angesicht mit Shirataki zu sprechen, Präsident Aonegi? Bis jetzt hattest du doch Angst vor ihm.
Blödsinn!
Ah ... Yudofu, vielen Dank für die Manga ... Sie waren sehr interessant!
Gern geschehen!
TAUMEL

Enoki ...
SCHRECK
Die Klubaktivitäten haben heute sehr spät geendet ...
... und dann war da noch der Vorfall von neulich ...
...
Soll ich dich nach Hause begleiten?
Nein! Nein, nicht nötig ... Es wird schon gutgehen!
Ich meide jetzt den Weg von neulich.
Und mir t heute irendwie daach, nach Hause zu oggen ...
Also dann ...
KRIEEK
KRIEEK
PATAMM
Was ist bloß los mit ihm? Er wirkt die ganze Zeit so deprimiert ...
DOSH
Hyah?!

P... Präsident Aonegi?
Was ...
... mach ich hier eigentlich ...?!
Hah!
Hah!
Hah!
Hah!
Ja, es stimmt. Nichts anderes ist von Shirataki zu erwarten.
Wir sprechen hier immerhin von dem coolen Shirataki! Es ist keine Überraschung, dass er eine bezaubernde Freundin hat.
Da muss man nicht lange nachdenken, um das zu kapieren.

Warum also?
Hah!
Hah!
Warum ...?
HUST
HUST
Sag mal ...
Warum fühl ich mich so miserabel?
Es tut weh ...
... geht es dir gut?
Ah!
...

Hyah!
E... E... Es ist seine Freundin!
Wie groß ist die Wahrscheinlichkeit, dass so was passiert?!
Ist sie nicht zusammen mit Shirataki nach Hause gegangen?!
Mist! Ich benehme mich noch voll verdächtig! Während ich sie kenne, weiß sie gar nicht, wer ich bin ...
Vielen Dank ...
E... E... E... Es ist alles gut!

Hä ...?
Ah! Dacht ich's mir!
?!
ZUCK
Du gehst auf dieselbe Highschool wie Ryosuke, bist kleiner als ich ...
... und wenn man dir deine runde Brille abnimmt, findet man glitzernde Augen ...
Ich kenne dich!

Freut mich, dich kennenzulernen, Junpei Enoki!
Ich bin Mimiko Wagyu!
Ich hab von Ryosuke sehr viel über dich gehört! ♥
Sieht schlecht
Es geht weiter!

Unsere gemeinsamen Tage

Atsuko Yusen

4. Story

Ich, Junpei Enoki, 16 Jahre alt ...
... bin das erste Mal in meinem Leben mit einer Frau, die weder meine Mutter noch meine Schwester ...
... und noch dazu eine umwerfende Schönheit ist ...
... aus unerklärlichen Gründen im einem Burger-Restaurant.
Oh Mann! Auf dem Heimweg von der Schule kriegt man richtig Kohldampf, was?
J... Ja ...
I... Ich schmecke nichts. Keine Ahnung, ob die Pommes gesalzen sind ...

Im Ernst ...
... was ist das bitte für eine Situation?
Ich hatte noch nie ein Date mit einer Frau ...
... noch nicht mal ein Mädchen als Freundin.
Außerdem fühlt es sic falsch an, allein mit d Freundin e nes andere essen zu gehen ...
Wenn ich mir zudem überlege ...
... dass Shirataki uns hier sehen könnte ...
POCH
W... W... W... Wagyu ...
Oh! Was denn?
Du sprichst mich zum ersten Mal an!

Heute ist ein wunderschöner Tag ...
... und ich fühle mich höchst geehrt, dass du mich in dieses Etablissement eingeladen hast ...
So formell?
... aber ich denke, dass das hier eine üble Situation ist ...!
Was soll daran übel sein?
N... Na natürlich weil ...
... so wie du und ich hier aussehen ... diese unangebrachte Normalo-Aura, die wir ausstrahlen ...
... denke ich, dass es eine klitzekleine Wahrscheinlichkeit gibt, dass seltsame Missverständnisse entstehen könnten.
Und sollte uns im schlimmsten Fall dein F... Freund an diesem Ort zu Gesicht bekommen, Wagyu ...
KRISEL

Wen meinst du denn mit meinem Freund?
Uh ...
N...
Natür-lich ...
... meine ich Shira-taki!
PRUST

Hyah ha!
Aha ha ha!
Aha ha ha!
Sorry, hab's dreckig gemacht!
W ... Was hab ich denn rausgehauen?
Aber dass du so was raushaust, Enoki!
Ryosuke und ich in einer Beziehung!
Muha ha ... Nächstes Mal zieh ich ihn damit auf!
Hey, Enoki ...
... schau dir mein Gesicht mal genau an.
Findest du nicht, ich ähnele jemandem?

Hä ...?!
Ah ...!
Du hast die gleiche Augenfarbe wie Shirataki!
POLTER
Genau!
Ich bin Ryosukes Schwester.
Auch wenn wir unterschiedliche Nachnamen haben.

Hah ...
RUTSCH
Haaah ...
Aber das ist das erste Mal, dass jemand auf unsere Augenfarbe eingeht.
Sonst höre ich immer, dass wir einen ähnlichen Mund haben.
Du schaust echt genau hin!
Ha ha ...
Hm ...
HAPP
Der Salzgeschmack der Pommes ist zurück!
Lecker ...
MAMPF
MAMPF
Ich muss auch Präsident Aonegi und den anderen sagen, dass sie sich geirrt haben!
Weißt du, Enoki, ich hab dich heute eingeladen ...
... weil ich mich mit dir über Ryosuke unterhalten wollte.
SCHLUCK

Und zwar darüber, dass Ryosuke seine Schulter verletzt und mit dem Baseball aufgehört hat.
Wie viel weißt du darüber?
N... Nichts Genaues ...
Ich hab nur Gerüchte gehört.
Hm, verstehe ...
Enoki, ich möchte nicht, dass du Ryosuke missverstehst, daher erzähle ich dir davon.
Der Grund, wa rum Ryosuk so geworde ist, wie er jetzt ist ...
... liegt womöglich ...
... nein, definitiv ...
... bei unserer Familie.
WACDO

Es war zu der Zeit, als Ryo-suke gerade in die dritte Klasse der Mittelschule* gekommen ist.
Unser Vater hat damals im Job einen ziemlichen Rückschlag erlitten.
Unsere Mutter ist deswegen ausgerastet und zwischen unseren Eltern krachte es gewaltig.
*entspricht der 9. Klasse
Die beiden hat-ten sich schon oft gestritten, aber dieses Mal schien's schlimmer als je zuvor.
Ich hab mir das alles angeschaut, ohne große Er-wartungen auf Besserung.
Aber Ryo-suke wollte die Hoffnung nicht aufge-ben.

Ryosuke gab beim Spiel sein Bestes und wir drei feuerten ihn auf dem Außenplatz gemeinsam an.
Für unsere Familie war Ryosukes Baseball-Spiel ein Moment der Zusammenkunft.
Ryosuke dachte sich also, wenn er sich beim Baseball weiterhin mit größter Hingabe beteiligte ...
... würde er unsere Familie zusammenhalten können.
Ich hau noch viel mehr rein ...
... und werde dann von einer besseren Highschool gescoutet ...
... und dann ...

Kurz nachdem Ryosuke seine Schulter verletzt hatte, wurde die Scheidung beschlossen.
Wir waren alle so beschäftigt mit dem Verfahren und dem Umzug ...
... dass sich niemand vernünftig um Ryosuke gekümmert hat.
Das gilt auch für mich ...
...
ZACK
Deswegen pendle ich jetzt immer wieder zu ihm und schaue, ob alles beim Rechten ist.
Natür-
ch gibt er
ich davon
megage-
nervt ...

Weißt du, Ryosuke ...
... wurde zunehmen deprimierte nachdem e Baseball ge schmissen hat.
Er distanzierte sich von seinen Freunden und wurde richtig unfreundlich ...
Ich hab mir wirklich Sorgen gemacht!
Ich hatte das Gefühl, er hat mit anderen Menschen, ja, mit der Welt abgeschlossen.
Aber dann ...
... vor Kurzem ...
... erzählte er mir, dass er einen interessanten Kerl kennengelernt hat.
Er meinte, er sei klein, trage eine Hornbrille und wirke schwächlich, habe aber Eier ...

Als er von dir erzählte, Enoki ...
... hatte er ein kleines Lächeln auf den Lippen.
Ryosuke hat sich so ans Unfreundlichsein gewöhnt und spricht echt schroff ...
... da muss er auf einen Mann vom »Typ Pflanzenfresser« wie dich oft Furcht einflößend wirken.
Aber im Kern ist er ein echt guter Kerl!
Deswegen wünsche ich mir, dass du deine Geduld mit ihm nicht verlierst und ihr weiterhin befreundet bleibt!
Das ist meine Bitte an dich als seine große Schwester ...
TROPF

Uwah! Ist nicht wahr! Du weinst?!
Sorry, ich hab dich mit diesem ernsten Thema richtig überfallen!
N... Nein, mir tut's leid.
Es ist nicht deine Schuld.
Ich hatte keine Ahnung, was Shirataki alles durchmachen musste.
Ich hielt ihn immer für cool, hab seine Stärke bewundert ...
... und hielt ihn sogar für einen Kudere-Typen.
Was ist bitte ein Kudere-Typ?!
Ich hab mich da so reingesteigert ...

Ich schäme mich über mich selbst!
Ich möchte ...
... noch viel mehr über Shirataki erfahren!
REIB REIB
Alles klar ...
Jetzt verstehe ich, warum Ryosuke so enthusiastisch ist.
Ich danke dir, dass du dich mit Ryosuke so gut angefreundet hast ...
... Enoki!

Hä?
Warum hast du Enoki bei dir ...?
Wir haben uns zufällig getroffen und auf Anhieb super verstanden! ♥
Nicht wahr, Enoki?! ♥
Peace!
J... Ja ...
Wir haben uns lange unterhalten und plötzlich wurde es so spät ...
... dass wir Enoki zum Abendessen einladen sollten, Ryosuke!
Seine Familie ist übrigens einverstanden.
Da kann ich jetzt ja wohl schlecht ablehnen, oder?
Du bist so aufdringlich wie immer ...
S... Sorry, Shirataki ...
Schon gut ...

Wie lange willst du ihn eigentlich noch im Arm halten, blöde Sis?!
Wenn du hier fertig bist, geh wieder nach Hause! Mom macht sich sicher Sorgen!
Hey, kein Grund eifersüchtig zu sein!
Na dann, Enoki, lass uns irgendwann mal wieder zum Mäcces gehen! ❤
Sicher nicht!
Dich hab ich nicht gefragt!
Wa...
Wa...
Wahnsinn ...!
Du kannst ja sogar kochen, Shirataki!
Der Hammer ...!
Da ist doch nichts Besonderes! Ich hab's nur in Austern-Soße gegart ...
Judasohr (Pilz) + Ei + Lauch + Austern-Soße + Salz und Pfeffer
Irre!
Aha ...

Ist es wirklich okay, dass ich einfach so mitesse?
Klar! Ehrlich gesagt, kommst du genau richtig.
Mein Paps ist spontan was trinken gegangen und für mich allein ist's zu viel.
Stimmt ja. Shirataki lebt mit seinem Vater, der ihnen Probleme bereitet hat, zusammen ...
... und Wagyu mit der Mutter.
Ist das lecker!
KLACKER
KLACKER
Shirataki, ich bring die Teller.
Danke!
Soll ich beim Abwasch helfen?
Nein, einen Gast lass ich so was nicht machen!
Schau Fernsehen oder so und warte auf mich.
SCHRUBB
SCHRUBB

NERVÖS
NERVÖS
Wow!
Der Garten ist riesig ...!
Hm ...?
Ein alter Handschuh ...?
Ist das etwa ...?

Interes-siert es dich?
SCHRECK
Sorry, dass ich den einfach so angefasst hab ...
Ah ... Shira-taki!
Enoki ...
Wollen wir uns als Bewegung nach dem Essen ...
... ein biss-chen den Ball zu-werfen?
Hä ...?

Shi... Shirataki ...
... geht das denn wirklich?
Alles gut!
So ein leichtes Zuwerfen stellt kein Problem dar!
Also los!
TSCHUPP
Uwaaah! Kaum Position eingenommen, schon kam er an!
Shirataki ist in der Tat megagut im Baseball ...

PLOPP
Du bist echt mies!
Pff!
POCH
Sag mal, Enoki ...
... was hat meine große Schwe ter dir alles erzählt?

Alles, denke ich ...
Sorry ...
Ach, schon gut. Brauchst dich nicht entschul-digen!
Meine chwester ıbert halt gern ...
Bei dir macht es mir nichts aus ...
...
TSCHUPP
Wo-bei du mich ...
... ja cool fandst, oder nicht?
uss dich aher ent-uscht ha-en, was?

?!
W... Was redest du denn da, Shirataki?
Hah!
Na, weil ich ein Versager bin!
Du hast es doch für deine Familie getan! Wie könnte ich da denken, dass du ein ...
... V...
Ich ...
... hab so daran geglaubt ...
... dass ich mich vergeblich bemüht und dabei selbst zerstört habe.
Und so ...
... blieb am Ende nichts mehr für mich übrig.

Letztend-
lich war al-
les für die
Katz ...
Alles,
was ich
je getan
hab ...
WAPP

Enoki
was ...
Uh!
RÜCK
Nichts war für die Katz!
Und es ist auch nicht erbärmlich ...!
Es gibt niemanden auf dieser Welt ...
... der deine Bemühungen bestreiten könnte, Shirataki!

Deswegen ...
Deswegen bitte ich dich ...
.. sag o was icht!
...
Enoki ...
... warum weinst du?
Mh!
ZUCK
WUSCHEL WUSCHEL
ERRÖT
STREICH

Shi...
Shirataki ...?
...

Ein Kuss?
Wa...?!
RÜCK
Hyah!
Blöder alter Sack!
Da denkste, dein Sohn macht in deinem Haus, äh, in deinem Garten mit einem Mädel rum ...
HICKS
Jay!
... und dann isses ein Junge!
Na ja, is ja auch egal. Was immer dir lieber ist ...
Bin wieder zu Hause ...
SCHLURF
SCHLURF
Ah! Hey! Warte!
RUMS
KLATTER
Wenn du in dem Zustand ins Haus gehst ...
Ah...!
Mann ... Ich hab's doch gesagt!

Bitte sieh nicht hin, Enoki. Das ist so eine Blamage für mich ...
I... Ich finde das Aussehen deines Vaters megacool!
Aber auch nur sein Aussehen! Nein, selbst sein Aussehen ist scheiße ...
Ich trag ihn jetzt erstmal ins Schlafzimmer.
Zzz
Ah, ich helf mit ...!
LINS
Was in aller Welt ...
Hah!
Meine Fresse ...
... war das gerade eben?
Seine Berührung war so viel sanfter als sonst ...
... sie hat in meinem Herzen ... meinem Körper ein tobendes Verlangen entfacht ...

Ein Kuss?
GLÜH
BLUSH
Nein! Niemals!
So ein Quatsch, Herr Vater!
Mhm!
Tamako-lein ...
Tamako ...?
Das ist der Name meiner Mutter ...
Er ist so ein Idiot! Hängt immer noch an ihr ...

...
Shiratakis Vater möchte sich also mit seiner Mutter wieder vertragen ...
...!
ZACK
Shi...!
Shirataki!
Ja?!
SCHRECK
BOIN
D... Du brauchst nicht alles für endgültig halten!
Lass sie uns in Angriff nehmen!
Die Mission Versöhnung!
Mission Versöhnung?!
Aua ...
Es geht weiter!

Unsere gemeinsamen Tage

Atsuko Yusen

5. Story

Miso Ramen
650 Yen
Soja Ramen
650 Yen
Frittierter Reis
400 Yen
Gyoza
300 Yen

KATSCHAK
ガッチョ
Mission ...
KATSCHAK
ガチョ
KATSCHAK
ガチョ
KATSCHAK
... Versöhnung, sagst du?
Hah!
Hah!
Hah!
Hah ...!
Enoki ...
Ich ...
... glaube nicht ...
... dass alles wieder so wie früher werden kann ...
. aber ...

... ich würde mich gern hin und wieder mit der gesamten Familie zusammenfinden ...
... und über belanglose Dinge quatschen.
Vielleicht während wir etwas essen ...
Ganz gemütlich ...
Shira-taki ...
Das ist es!
Das reicht als Motiv völlig aus!
SCHRECK
TSCHAK
TSCHAK
TSCHAK
TSCHAK
TSCHAK
TSCHAK
TSCHAK
10.00 KM

Ein leckeres Essen ...
... ist doch ein triftiger Grund ...
... um ie ganze milie zu- mmenzu- ringen.
Enoki!
Hah ...! Hah!
Öchö ...
Lass es uns versuchen, Shirataki ...!
Enoki ...
PFEIF
Du hast's ja richtig drauf, PC-Boy!
KLATSCH
KLATSCH
KLATSCH
KLATSCH

Also ...
»Ich zaubere ein ein leckeres Mahl und möchte dich dazu einladen ...
... komm also bitte nach Hause«, willst du ihr sagen?
Was soll'n der Scheiß? Aus dem Mund eines Highschool-Schülers klingt das doch beschissen!
Wie bitte?! Unterschätz mal männliche Highschool-Schüler nicht!
Na, na, na!
Ich finde, bei solchen Sachen sollte man es möglichst einfach halten.
Die Hürde niedrig zu halten, ist der Schlüssel zum Erfolg, nicht wahr?
Jaaa ...
Ahem!
Hast du's jetzt kapiert?!
Vielleicht »Ich mach was Leckeres zu essen, magst du nicht vorbeikommen«?
Die Logik dahinter versteh ich jetzt ...
... aber warum muss es unbedingt dieses Gericht sein?

Weil das ein Essen ist, das wir beide sehr gern mögen.
Na, das war klar und deutlich!
Du magst es doch auch.
Ja, schon ...
Aber viel wichtiger ist, dass auch Mutter es mag.
!
Ach ja!
Trotzdem ...
... bin ich nicht sicher, ob sie kommen wird.
Sie ist ziemlich dickköpfig ...
!
PLING

Un-glaublich! Wir haben' geschafft!
Mutter hat gesagt, sie kommt!
WHUPP
WHUPP
ZURR
TSCHAK
TAPP

Gab's nicht 'ne Legende, wo sich jemand die vier Finger, die er nicht gebraucht hat, gleichzeitig abgesäbelt hat?
Uwah! Das tut ja schon nur vom Hören weh ...
Deck du schon mal den Tisch, Sis!
Und ich? Was mach ich?!
TSCHAK
TSCHAK
TSCHAK
STARR
Ich lass lieber Enoki als meine Schwester ran ...
WHACK
Hey! Das ist gefährlich!
Zu nah
SÄBEL
SÄBEL
Du bist also auch nur ein Gelegenheitskoch, was?!
Uwaaah! Tut mir leid! Entschuldige bitte!
Ich wollte dir nur irgendwie behilflich sein, Shiratakiii ...
Uh ...
Du brauchst doch keine Dinge erledigen, bei denen du dich verletzen könntest!
Du kannst ja schon mal Wasser kochen, oder irgendwas machen, wozu man kein Messer braucht ...
DONK

TSCH
TSCHAK
Hah!
Nahn-sinn! Wie ein Profi!
Das ist doch nichts Besonderes ...
Und ob es das ist! Das kommt garantiert daher, dass du täglich was zubereitest ...
Ach Mann, jetzt lass mal gut sein!
Aber schön ...
... dass es nicht umsonst war.
!
Ja!
TAPP
TAPP
WUMMS

Tamako kommt vorbei, hab ich gehört?!
Ta... Ta...
Ta...
Er stolpert, auch wenn er nicht betrunken ist?
Reg dich ab, Pa! Heute bist du aber früh zurück.
Ich hab alles, was ich verschieben konnte, verschoben und bin heimgekehrt!
Wow!
Das ist also das berühmt-berüchtigte ...
*Fonduegericht
... megaleckere Sukiyaki*, was?!

Ich geh mir mal das Gesicht waschen.
Papa, deine Tasche!
Ah, da fällt mir ein ...
Hm?
Ach, nichts. Mir ist nur eingefallen, dass ich die Mission ins Leben gerufen habe ...
... ohne zu wissen, warum sich eure Eltern zerstritten haben.
Du hast es ihm nicht erzählt?
Ah, nun ... Das ist halt dieses peinliche Familiendrama...
Ihr habt euch doch um ihn gekümmert, als er besoffen nach Hause gekommen ist. Was soll das also jetzt plötzlich ...?
Ah! Ähm! Ich wollte ...
... jetzt nicht, dass ihr euch gezwungen fühlt, es mir zu erzählen!
KLACK
SCHAUDER
SCHAUDER
SCHAUDER

Warum hab ich plötzlich Gänsehaut bekommen ...?
Shirataki ...? Wagyu ...?
Das Klacken dieses Absatzes ...
Sie ist da!
KLATTER
Ta...!
Ta...!
Tamako ...!
KLACK
KUMA

Be- eindru- ckend ...
SMILE
Bist du etwa ein Freund von Ryosuke?
Ich bin seine Mutter, Tamako. Freut mich!
E... Es freut mich ebenfalls, Sie kennenzulernen! Ich heiße Junpei Enoki!
Ryo- suke ...
... lang ist's her!
Ja, das ist es ...

Und du Mimi-
ko ...
... hast
sicher al-
lerhand zu
tun in der
Schule.
Ach,
es geht
so ...
...
...
E...
Eine
definitiv
eisige
Stille!
STILLE

I… Ist es wirklich okay für mich, hier zu sein …?
WEGRÜCK
Das Sukiyaki muss jetzt nur noch durchziehen.
Ich sollte mich allmählich verdrücken …
PRESS
Hä?!
POCH
Hä?!
Was?
Shirataki …?
DRÜCK
FLÜSTER
Sorry …

Bleib bitte bei mir.
Ich fühle mich unwohl ...
W... Was denk ich da für dämliches Zeug ...
... in einem für Shirataki so schrecklichen Moment?
BLUSH
Die Vorbereitungen fürs Essen sind fertig.
Lasst uns rübergehen!

DAMPF
DAMPF
DAMPF
STILLE
Hab ich jemals so eine miese Stimmung vor einem Sukiyaki erlebt?
Tja, lange her, seit wir so was das letzte Mal gemacht haben, was?
Der Vater bricht das Eis!
Früher haben wir oft mit der ganzen Familie so um einen Topf herumgesessen.
Ich mag Sukiyaki echt gern!
Ryosuke und Enoki, danke, dass ihr uns heute diese wundervolle Gelegenheit gegeben habt!
Nein, noch nie! (Überzeugt)

Das stimmt!
Aber weil du dein Projekt vergeigt hast und auf einen unbedeutenden Posten versetzt wurdest ...
... gab es keine Zeit mehr für die Familie zusammen zu kommen.
Tamako, die Umstände sind doch viel komplizierter!
Komplizierte Umstände? Ja, das stimmt.
Wie zum Beispiel den Fehler deiner wunderschönen Mitarbeiterin auf deine eigene Kappe zu nehmen ...?!

Tamako, wie oft soll ich's dir noch erklären?
Die Beziehung zwischen ihr und mir ...
... ist rein beruflich. Da ist nie was gewesen!
Was soll das bitte für eine Mitarbeiterin sein, der du eine größere Priorität zusprichst als deiner Familie?!
Es soll nichts gewesen sein?!
Das kann ich nicht glauben!
Als wir gerade zusammengekommen sind, hast du immerhin ...
Tu nicht so, als wäre da nie eine andere gewesen!
Also ist er ein Mann, der zusätzlich zum Rückschlag auf der Arbeit ...
... auch noch Probleme durch seinen Spleen hat ...
Jetzt komm doch nicht mit den ganzen ollen Kamellen an!
Hey, wir haben einen Gast ...
Ich hab's nur getan, weil ich ihr Vorgesetzter bin!
Das ist jetzt nicht der Momen um tatenlo rumzusitzen!
Was soll ich nur tun? Das artet in einen Streit aus!
Dabei ist die Familie doch endlich wieder zusammengekommen ...

Uh ...
Du redest alles immer nur schön!
Dabei bist du sowohl als Ehemann wie auch als Vater einfach nur unfähig!
Und so musste auch ich ...
... Ryosuke letztendlich ...
... auf solche Weise so viel aufbürden.
Sein Traum Profi-Baseballspieler zu werden, alles ...
... ist dadurch kaputtgegangen!

D... Das Fleisch ...
ZUCK
... ist fertig!
E... E... E...
Es ist teur... gutes Fleisch! Wir sollten es essen, bevor es zäh wird.
G... Genau!
Lasst uns jetzt erst mal essen, ja?
Nein, warten Sie doch noch einen Moment ...
Wah!
... bevor Sie mit dem Essen anfangen!

Dieses Sukiyaki hat Shirataki praktisch allein für uns gezaubert.
Aus meiner Sicht ist er extrem cool ...
Ah, aber nicht nur das!
Er kann gutes Essen zubereiten ...
... kommt seinem Vater zu Liebe schnell von der Schule nach Hause und kümmert sich um den Haushalt.
In letzter Zeit gibt er sich auch im Schulklub die größte Mühe!
Außerdem ...
... behandelt er jemanden wie mich, der völlig andere Interessen und 'nen ganz anderen Charakter hat, wie einen Freund.
Er ist freundlich und steht mir zur Seite ...
Shirataki ist ein wahnsinnig faszinierender Mensch.

K... Kurz gesagt ...
... ist er definitiv kein Versager!
Auch der jetzige Shirataki ist der absolute Wahnsinn ...!
WUSCHEL
Wah!
RUBBEL
Uwah!
RUBBEL
Du bringst mich total in Verlegenheit!
Dummkopf!

Mama ...
... mir geht's jetzt wieder gut.
Es tut manchmal noch etwas weh ...
... aber ich hab mich entschlossen, nach vorne zu schauen.
Aber jetzt ...
... lasst uns es-sen!
Ja ...
Es ist wirklich ecker ...

Enoki ...
Ich räum alles weg!
... ich bring dich nach Hause.
BZZ
BZZ
Ma meinte, sie kommt uns wieder besuchen.
Was?! Wirklich?!
Aber ausschließlich an Sukiyaki-Tagen.
Ich musste lachen, wie eigennützig das ist.
Ha ha!

Ja, stimmt wohl.
Aber ich freu mich für dich!
Ich freu mich sehr ...!
...
Weißt du noch, was auf dem Flyer des Klubs für Elektrotechnik ...
... den ich bekommen hab, geschrieben stand?
Hä?

Öffne mit uns das Tor in eine neue Welt!
Eine neue Welt hat sich vor meinen Augen eröff-net ...
So war es wirklich.
Enoki ...
Die Welt scheint sich tatsächlich erneuert zu haben.
... ich bin so froh, dass ich dir begegnet bin.

KULLER
Hey!
Hab ich was gesagt, dass dich traurig macht?!
Nein!
Hast du nicht! Sorry ...
Das kommt wohl, weil ich bis eben so angespannt war.
Es hat mich so gerührt ...
Ha ha ...

Ich bin's auch!
Ich bin auch glücklich, dir begegnet zu sein, Shira-taki!
Warum ...?
Ich hab grad ...
... das überwäl-tigende Verlangen ihn anzu-fassen ...
REALISIER

SCHNAPP
Hä?!
Hm?
Ob's okay für männliche Freunde ist, Händchen zu halten?
In letzter Zeit ist Enoki der einzige Freund, mit dem ich mich treffe. Ich weiß nicht mehr, was normal ist.
Aber als ich seine Hand vorhin spontan ergriff ...
... schien er sich nicht daran zu stören.

ZACK
Ah!
Aha ha ha ha! Nicht doch! Was ist denn los, Shirataki?
Ah! Dachtest du etwa, dass wir uns erlieren könnten, weil's dunkel ist?
Keine Sorge! Es nicht weit zu mir nach Hause!
J... Ja, genau! Es ist nur noch ein kurzer Weg ...
... daher kann ich von hier aus allein gehen.
Danke, dass du ch beglei- et hast!

Ich geh ab hier ...

Es geht noch etwas weiter ...

6. Story

Ohne zu überlegen, streckte ich meine Hand aus.
Als ich realisierte, was ich tat, hielt ich Enoki bereits in meinen Armen.
Keine Ahnung, warum ich das tat.
Aber irgendwie machte es den Anschein, als würde er ...
... abhauen wollen.

Genau ...
Wahrscheinlich war's ...
... wie eine Art Jagdinstinkt.

Aber letztendlich ...
Hö...
Hör auf ...
E...
Es ist zu warm ...
... lassen wir das also sein ...
Was heißt hier ...
... es ist zu warm?!

Na ja ...
Ich bin wohl selbst schuld, was?
Wenn ich ihn so plötzlich überfalle, ist es nur verständlich, dass er Angst bekommt.
Egal wie sehr ich beteuere, dass es freundschaftlich gemeint war ...
...
KNÜL
WHUPP
KLACK
Als Erstes sollte ich ...
... mich wohl besser entschuldigen. Ja ...
Enoki!
SCHRECK

Warte!
FLÜCHT
Enoki!
Enoki!
ANGEPISST
Da ist Shirataki!
Ist der cool!
Aha! So ist das also?! So läuft das?!
STAPF STAPF
Wenn du diese Art Spiel-chen spielen willst, hab ich da auch so meine Ideen!

Yo, Enoki!
Willst du jetzt zum Klub?
SCHOCK
Was für ein Zufall, ich auch ...
STÜRM
Hey! Warte!
Hey! Na hör mal!
Willst du etwa schwänzen?!
KEIF
Wer hätte gedacht, dass so ein Satz ...

... aus deinem Mund kommen würde!
Nimmt Enoki sich heute frei?
Das ist ja ungewöhnlich.
...
Jupp, ich hab auch was vor ...
Warte bitte!
Du willst ihm folgen, oder? Obwohl er dich so sehr meiden will, dass er sogar den Klub schwänzt?
Was soll der Mist?!
Als ob er mich meiden wollen würde ...
Man sieht es klar und deutlich!
Habt ihr euch gestritten?
Hasst er dich jetzt?
Ngh ...!
...

Probleme unter Mitgliedern zu lösen, gehört ebenfalls zu den Pflichten des Präsidenten!
Nein, ich verzichte ...
Persönlich mit ihm zu reden geht schneller.
Persönlich, ja ...?
Du hast doch gar keine Ahnung, warum Enoki abgehauen ist, oder?
Deswegen ja.
Ich will mit ihm reden, weil ich's nicht verstehe!
Du scheinst dir ...
... noch nicht mal über deine eigenen Gefühle im Klaren zu sein.
Hä ...?!
GENERVT

Falls du Enoki dennoch unbedingt hinterher willst ...
... musst du zuerst mich bezwingen!
ZING
BÄMM
Ich soll dich ...
... bezwingen?
Was soll der Scheiß? Unsere Konstitutionen sind viel zu unterschiedlich ...!
Danach würden dich nicht mal mehr deine Eltern wiedererkennen ...!
Es ärgert mich, dass du dir so den Kopf über meinen Körper zerbrichst.
Natürlich möchte ich, um einen fairen Wettkampf zu ermöglichen, die Art der Austragung bestimmen dürfen.
Und der Wettkampf ist simples Armdrücken. Eine Runde!
Der Austragungsort ist das Zimmer des Tech-Klubs.
Allerdings ...

... lass mich dafür diese speziell fürs Armdrücken angefertigte Power-Ausrüstung der Yudofu-Produktion anlegen!
SURR
SURR
KLACK
KLACK
Ich hab sie kreiert!
Du hast dich an der rechten Schulter verletzt, richtig?
Dann lass uns beide den linken Arm nutzen!
Na danke ...
... für die Rücksichtnahme ...
... aber dieser Affenzirkus ist nicht nötig.
Warum mischt ihr euch als Außenstehende ...
... in das Problem zwischen ihm und mir ein?

Du hast Angst, nicht wahr?
Was ...?
Ich sage nur, dass ich's für Schwachsinn halte!
Du irrst dich.
Du hast Angst gegen mich ...
. zu erlie- ren.
Es ist genau wie damals, als du zum ersten Mal zum Klub kamst.
Du sahst aus, als hättest du kein Interesse an den Aktivitäten ...
... aber deine wahre Intention war wahrscheinlich ...

KLATTER
Uwah!
Shira-taki?!
Was glaubst du denn, wirst du errei-chen ...
... wenn du Enoki so unent-schlossen gegenüber-trittst?!
...
Was soll diese Frage?

Wenn ich mir Enoki geschnappt hab, will ich mich in Ruhe mit ihm unterhalten.
Wenn ich was falsch gemacht hab, will ich Reue zeigen und mich entschuldigen.
So lieb wie er ist, wird er mir sicher verzeihen.
Und dann ...
... sollte er sein Okay dafür geben ...
... möchte ich Enoki noch einmal umarmen.
Ich möchte diese Wärme noch einmal erleben.

Und
danach
...
Und
danach
...?!

Hast du's endlich kapiert ...?
?
?
Präsident ...
... was hast du eigentlich vor?
...
!
Es ist ganz simpel.
Ich empfinde wie du.
Alles klar ...
Ich nehme die Herausforderung an!
KRIEE

Schön!
Der Gewinner ...
... bekommt das Anrecht auf eine intime Beziehung mit Enoki!
?
I... Ich versteh zwar nicht ganz, was hier abgeht ...
... aber kämpft anständig und ehrlich!
Los!
DRÜCK
...!
D...!

DRÜCK
Das ist schwer ...!
DRÜCK
DRÜCK
Sein schmächtiger Arm sollte unmöglich ...
... so viel Kraft aufbringen können!
Etwa dank dieser schrottigen Maschine ...?!
Hah!
Wahnsinn ...!
Aber du hast da definitiv das Falsche aufs Spiel gesetzt!
DRÜÜÜCK

Diesen Wett-kampf ...
Diesen einen Wett-kampf ...
... wer-de ich gewin-nen!

S... S...
Shirataki siegt!
Und es ist 'ne vernichtende Niederlage ...!
SCHLUCK
Sorry, aber ich geh jetzt.
Um eine ntschädi- ng für das rstörte Ge- t kümmere ich mich morgen.
Klub für Elektrotechnik
RATTER
Sorry ...
... dass ich mich an meinem ersten Tag bei euch so respektlos verhalten hab.
Das hier t ein wirk- ich toller Klub!

TAPP
TAPP
TAPP
TAPP
Ja ...
Wirklich bewundernswert ...
... dass du dich kräftemäßig mit Shirataki messen kannst!
Präsident Aonegi, ist alles okay?
An mir ist nichts bewundernswert. Es war der Verdienst deiner Rüstung.
Ich hab nicht den Mumm ...
... und hatte nie vor, ihm meine Gefühle zu gestehen.
Vielmeh hielt ich d Gefühle f einen Stö faktor ...
... und wollte sie ablegen.
Und dann hat er es in dem Moment, als er sich über seine Gefühle im Klaren wurde ...
... mitten im Armdrücken ...
... für mich besiegelt.

Er ist abweisend, unbedacht ...
... und nicht zu stoppen, sobald er sich was in den Kopf gesetzt hat.
Normalos sind wirklich ...
... abscheuliche Kreaturen!
Ich verstehe nicht viel von der Liebe ...
... aber ich bin der Meinung ...
... du hast dein Bestes gegeben, Präsident!
Ja ...
Danke ...
Verzeih ...
... aber ich möchte jetzt gern allein sein.
PATAMM

Sie alle zerbrechen sich den Kopf ...
... und strampeln sich mühsam voran.
Ich kann das nicht nachvollziehen.
Ich frage mich, ob ich ...
... irgendwann ihre Gefühle verstehen werde.
Enoki!
TAPP
Enoki! Enoki!
TAPP
TAPP
Enoki!
TAPP

DO DO DO DO DOM
Hyaaaah!
E...
KOOOOOOOOOOO...!!

Tse! Tse! Tse! Eeendlich hab ich dich geschnappt!
...
KEUCH
KEUCH
Aah!
Aaaah!
Hä?!
ZACK
Sorry!
Shi...
Shira-taki ...
Wenn dir das gestern zuwider war, entschuldige ich mich.
Falls ich noch andere Sachen verbrochen hab, entschuldige ich mich auch dafür.
Ich mach's wieder gut ...
... daher ...

... geh mir bitte nicht mehr aus dem Weg!
...!
POCH
Hasst du mich jetzt etwa ...?
Traurig
Natürlich nicht!
Warum sollte ich?!
?!
Ganz im Gegenteil! Vielmehr hege ich immer mehr ...
Es geht nicht! Es macht mir zu schaffen ...
... wenn ich mit dir zusammen bin ...!

Du bist so ein attrakti-ver Mann.
Wenn du so lieb zu jemandem wie mir bist ...
... lauf ich Gefahr, mir etwas drauf einzubil-den.
Was meinst du mit »etwas darauf ...
... einbil-den«?
Hah!
Ah! Nichts!
Enoki!
Ich empfinde genauso wie du!
ZOOM
Glaube ich ...

In dem Fall sollte zwischen uns ...
... doch ei-entlich alles klar sein, oder?
Hä ...?
Wir haben uns ineinander ...
... v...
D...
Das geht icht!
Sollten wir tatsächlich ...
... gleich empfinden ...
... geht's erst recht nicht!
Ich darf nicht in deiner Nähe bleiben, Shirataki.
Warum?
...

D...
Deine Familie hat sich gerade erst ...
... zusammengerauft und spricht wieder miteinander.
Endlich ...
... schaust du wieder nach vorn.
Wenn du mit jemandem wie mir ...
... jetzt so 'ne Art Beziehung eingehst ...
... kommst du nur wieder in Schwierigkeiten.
Sicher ...
... leidest du dann wieder.
Und das will ich ...
... auf keinen Fall!
Ich möchte dich ...

... lächeln sehen, Shirata-ki ...
Enoki ...
Du ...
... bist so richtig in mich verknallt, was?
BLUSH
Ma...!
Mach dich nicht über mich lustig!
Da du so ehrlich warst ...
... will auch ich es sein.

Weißt du ...
... seit ich den Baseball geschmissen hab, konnte nichts mehr mein Interesse wecken.
Wenn ich jetzt so zurückdenke, hab ich wohl bewusst dafür gesorgt, dass mir alles egal war.
Ich empfand es als gerechte Strafe, da ich nicht in der Lage war, meine Familie zusammenzuhalten.
Das ist doch ...
Ja, ich weiß ...
Letztendlich ...
... hatte ich nur Angst, dass ich wieder versagen würde ...
... wenn ich mich dazu aufraffe, was Neues anzufangen.

Bevor ich wieder solche Schmerzen ertragen muss ...
... hielt ich es für besser, gar nicht erst etwas zu beginnen.
Wenn ich jetzt so daran denke, war ich ziemlich feige.
Aber du bist derjenige, der mich in Bewegung gebracht hat.
Hä?!
Was ...?
Unmö...! Hä?! D... Das ist doch ein Scherz, oder?!
Als ob ich so eine unglaubliche Tat vollbringen könnte!
Doch, das hast du!
ZOOM

Du bist zwar schmächtig, schwach und klein, aber du hast Eier in der Hose.
Auch als ich extra versucht hab, dich einzu-schüchtern, hast du dir nichts draus gemacht und trotzdem Nähe aufgebaut.
Na, weil ich von vornherein wusste, dass du ein guter Mensch bist, Shirataki!
Sag das nicht!
Und als ich das so gesehen hab, hielt ich es für ein Un-ding ...
... dass ich ständig vor Angst zittere, obwohl ich meine Konditi-on wesentlich stärker einge-schätzt hab.
So dachte ich jedenfalls ...

Eine Liebesbeziehung zwischen zwei Männern ...
... wird so manches Problem mit sich bringen.
Und würde ich sagen, dass ich keine Angst hab, dass es scheitert und ich verletzt werde, würde ich lügen.
Aber weißt du ...
... mehr als das ...
DOMP
Ah ...

Shirataki ...!
Enoki ...
... ich hab mich bereits fürs Schlimmste gewappnet.
POCH
Also lauf nicht weg ...
... und hör zu!

Ich liebe dich!
Und zwar nicht als Freund.
Ich möchte dich in meinen Armen halten ...
... und dich küssen. Diese Art von Liebe mein ich.
STREICHEL
BLUSH
Ich würde es tausendfach bereuen ...
... wenn ich untätig bleiben und wir uns voneinander entfernen würden!

...
Wie steht's mit dir?
Ich ...
... möchte gern deine wahren Gefühle kennen, Enoki.
...
...
A...
ZUCK

Als ob es mich nicht glücklich machen würde ...
... so etwas von der Person, die ich liebe, gesagt zu bekommen!
Enoki ...
DRÜCK
KUSCHEL

Dabei hatte ich beschloss mich zusammenzurei-Ben …
Ich hau dir eine runter, wenn du sie vergisst.
Shira-taki!
Shira-taki …
… und diese Gefühle zu vergessen.
Du brauchst dich nicht zusammenrei-Ben.
Du heulst echt viel, was …?

Ich liebe dich auch ...

Mh!
Fh!
Puha!
ぎゅむー
DRÜCK
Argh!
Ich bin so unbe-schreiblich glücklich!
HAPPY
Shirataki! Nicht so laut!
Enoki ...
... noch eine Klei-nigkeit!
Äh ...
GRAB
Mpf!
KISS
LECK
Mh?!

Mhh ...!
SCHRECK
Fh!
KISS
Fh!
KISS
SLRP
Fh!
Mnh!
Hah!
Shira-taki ...
Hah!
Hah!
BLUUUSH
Mh ...!
Mnh!
GRABSCH
ZUCK
SCHAUDER
TSCHUPP
Mmmmhhhhh!

?!
Enoki?!
Was hast d...? Ah!
SCHLAPP
War das vielleicht gerade dein erstes Mal ...?
Volltreffer
TSCHAK
Echt jetzt?! Das freut mich so sehr! Ich werd's in Ehren halten!
Shirataki, leiser ...
Und so ...
... begann unsere geheime Liebesbeziehung.
Geheime Liebesbeziehung ... ❤
... sagt ihr, ja?!

Inwieweit ist die bitte geheim?!
Alle aus dem Tech-Klub wissen Bescheid ...
... da dachten wir, im Klubraum wär's nicht so schlimm.
Ist es aber!
PC Einführ
Bist du ein Teufel?!
Treibst solche Sachen vor meinen Augen, dabei hab ich gerade erst meine Gefühle sortiert!
Es sind hier schließlich alle so gutherzig ...
Waaah! Es tut mir so leid, Klub-Präsident!
Gefühle sortieren?
Psst!
SCHRECK
SURR
Miau!
Miau!
KATSCHAK
KATSCHAK

Miau!
Miau!
KATSCHAK
KATSCHAK
KATSCHAK
Mi...
Sie ist zwei Meter gelaufen! Ein neuer Rekord!
Gut gemacht, Miko Nr. 14!
Sie lebe hoch!
Sie lebe hoch!
Zu komisch! Hi hi ...
Sie haben auf Shirataki abgefärbt, was?

Miko ist echt der Wahnsinn!
Sie in kurzer Zeit so viel weiter zu entwickeln ...
In unserem Klub tummeln sich halt viele Talente!
Der Präsident wird sicher auf eine gute Uni gehen.
Dagegen lose ich echt ab, so als einziger auf Einsteiger-Buch Niveau ...
Ja, aber ...
Aber das hast du doch bald durch, nicht?
Kopf hoch!
Wenn du dir Mühe gibst, wird das sicher!
Ich helf dir auch dabei!

Eine heimliche Liebesbeziehung ...
... zwischen zwei jungen Männern ...
... die Highschool-Schüler sind.
Ich weiß, dass das nicht gerade ein unkomplizierter Weg ist.

Es sind kaum Leute unterwegs.
Stimmt ...
Lass uns Händchen halten!
...
Meiner Meinung nach halten doch auch beste Freunde Händchen.
Na ja ...
... Highschool-Schüler wohl eher nicht ...
Echt jetzt ...?!
Jupp ...
Sorry ...

Mann!
Die Sonne geht unter!
Schön vom Thema abgelenkt.
Aber! Aber! Aber!
Es ist so schön!
Na ja ...
Schmoll nicht, Shirataki!
Stimmt ja! Weißt du noch das letzte Mal, als ich mit dir zusammen einen Sonnenuntergang gesehen hab?
Das war, als du mich gerettet hast, Shirataki ...
Hmpf!

Du brauchst mich nicht daran er- innern.
Als ob ich das je vergessen würde ...
Vielmehr bin ich derjenige, der damals gerettet wurde.
Durch deine netten Worte ...
... und mit diesem Profil.

Ah ...
Ja, so ist es ...
Als ich ...
... an jenem Tag sein Profil betrachtet hab, auf das die Abendsonne schien ...
... bemerkte ich, dass ich mich in Wirklichkeit schon länger ...
... zu ihm hingezogen fühlte.
Seitdem hab ich unbewusst die ganze Zeit mit dir rumgealbert und deine Nähe gesucht.
So sehr, dass es Präsident Aonegi aufgefallen ist ...

Pff!
Wie peinlich ...!
Was ist los, Shirata-ki?!
Hah ...
Alles okay?!
Das war ja ein Riesen-seufzer!
Ja, alles gut ...
n hab ur ...
... ein paar Din-ge reflek-tiert ...
PACK

!
Ich nehm zurück, was ich eben gesagt hab ...
Es ist völli okay für Hig school-Sch ler Händche zu halten!
Umarmungen aber nicht!
Es muss kein einfacher Weg sein ...
... denn ...

... solange ich nur mit Enoki zusammen bin.
... ich hab beschlossen, dass ich es gar nicht so schlimm finde ...
... wenn der Weg etwas holprig und schwierig ist ...

Die Tage ...
... unserer wunder-vollen Ju-gend ...
... möchte ich ...
...gemein-sam mit der Person verbringen, deren liebe Art mich ver-zaubert hat.

Unsere gemeinsamen Tage

Atsuko Yusen

Das erste Date

Seh ich auch nicht komisch aus?
Sicher?
Nein, alles bestens!
Als hei-ßer Kerl wirst du jetzt nicht durchge-hen ...
... aber aus den Klamotten, die du besitzt, war das die beste Kombo, Brüderchen!
uuh ...
Aber sag mal, woher kommt die-ses plötzliche Modebe-wusstsein?
Kleine Schwester (1. Klasse Mittel-schule)
Hast du etwa ...
... ein Date?!
Ich bin dann weg!
KATSCHAK
Hab ich nicht!
Das ...
war elo- ven.
Ich hab näm-lich ...
... ein Date!

Meine Schritte ...
... und auch mein Herz sind richtig beschwingt!
Das erste Mal in meinem Leben ...
... hab ich mit Shirataki ...
... mit der Person, die ich liebe ...
... ein Date!
Ich bin ja schon viel zu früh dran ...
... aber Shirataki ist noch früher gekommen?
HUFF
HUFF
HUFF
HUFF
Hey ...
Yo, Enoki!
S... Sorry, dass du warten musstest!
Schon gut, bin auch eben erst gekommen!
Shirataki im Date-Outfit! Sein Cap ist so cool!
Und sein schwarzes Shirt erst!

Hey!
Jetzt sei nicht so aufgeregt, Mann ...
Mgh!
BATSCH
Na ja ...
innerlich
eht's bei
r ähnlich
aus!
SMILE
WHUSCH
Er ist so cool!
Ich liebe ihn! Über alles!
Lass uns ge-hen!
Ob ich das den ganzen Tag durch-halte ...?
Wir haben für unser erstes Date gemeinsam entschie-den ...
... zwei Orte anzusteu-ern, die wir beide gern besuchen würden.
Karohiko Araki
Kunstausstellung
Geöffnet
u...

Eine Kunsta stellun
Es werden die Manuskripte von einem Mangaka ausgestellt!
Aha ...
Du kannst sogar die Spuren vom Magic Permanent Marker oder Tipp-Ex sehen ... Das ist wahnsinnig selten ...
Ich glaub, i hab ve stande
S...
Sein Gesicht sagt das Gegenteil!
Was hab ich Idiot mir nur dabei gedacht, ih für unser erstes Date in eine Kuns ausstellung zu schleppen?!
Ich hätte mir einen Vergnügungspark oder ein Aquarium aussuchen sollen ...
Manga magst du also auch, Enoki?
Aah!
Aah
Ah!
Nun ...
BLUSH
Ich ...
... steh ehrlich gesagt gar nicht mal so auf Manga. Yudofu steckt da wahrscheinlich viel mehr drin. In dem Magazin, das mein Vater gelesen hat, wurden Geschichten von diesem Zeichner veröffentlicht und ich hab sie hin und wieder gelesen. Sie waren megainteressant, deswegen lese ich jetzt immer alle Werke von ihm.
BLA
BLA
BLA
BLA

Muha!
Du redest ja wie ein Wasserfall!
Lass uns erst mal reingehen!
Er ...ächelt ...

Sorry, dass ich dich hierhin mitgeschleppt hab!
Was soll'n das plötzlich?
So sollte das heutige Date doch sein.
Ja, aber gleich am Anfang in eine Kunstausstellung zu gehen ...
... da frag ich mich, ob du dich nur meinetwegen zwingst ...
... und dich eigentlich langweilst, Shirataki ...
Ich find's interessant!
Die Manga, die ich bis jetzt gelesen hab ...
... werden also auf diese Art erschaffen.
Bis eine Seite vollendet ist ...
... dauert es unfassbar lange.
Ich hab so viele Sachen gelernt, über die ich mir sonst nie Gedanken gemacht hätte, wäre ich nicht hierhergekommen.
...

Es macht ...
... wirklich Spaß, neue Dinge zu erfahren.
Ich bin froh, dass wir heute hergekommen sind.
Shirataki ...
Außerdem ...
... macht es mich glücklich mit der Person, die ich liebe, die Sachen kennenzulernen, die sie liebt.
ボッ
GLÜH
Mein Geliebter ist cool und von der Natur her ganz geradeheraus.
Früher sind ihm furchtbare Dinge widerfahren, doch jetzt strebt er mutig nach vorne.
Darf so emand wie ich irklich an der Seite eines so wunderbaren Menschen sein?

Leider ...
... gehen mir solche Sachen durch den Kopf.
Vertreibt die fiesen Gedanken.
Als Nächstes gehen wir an den Ort, den du gern besuchen möchtes-, Shirataki!
Ah!
Uh ...
Sei aber nic angewidert ...
?
HAP
Fluffige
Pfannkuche
Kyah!
Kyah!
HAPPY
Kyah!
Kyah!

Shira-taki ...
Ah! Sag nichts!
Sag kein Wort!
Ich erklär's dir ...
Anfangs hab ich einfach nur meine Schwester begleitet ...
Ich hab gedacht, dieser fluffige Kram interessiert mich kein bisschen ...
Im Ernst?!
... aber als ich hier gegessen hab, war das Zeug so saulecker!
Außerdem entwerfen sie regelmäßig neue Kreationen ...
Menu
icht dein Ernst ...
In letzter Zeit ist meine Schwester immer so beschäftigt ...
... aber wenn ich hier als Mann allein hingehe, falle ich doch übelst auf!
PAMM
Shira-taki ...
... als zwei Männer fallen wir doch genauso auf ...
HAPPY
Ich sagte doch, u sollst ichts agen ...!

FLUFF
FLUFF
SCHWABB
Mh!
Lecker!
Nicht wahr?!
Als würdest du in das Beste reinbeißen, was das Leben zu bieten hat, nicht?!
Ja!
Ich möchte auch jedes Mal, wenn ich einen Bissen nehme, rausschreien wie lecker es ist!
Ach, ich freu mich so, dass d mich verstehst!
Ich war deswegen wahnsinnig nervös ...
Ah!
Verstehe!
Ich war so mit mir selbst beschäftigt, dass ich's gar nicht bemerkt hab.
Aber Shirataki ist genauso wie ich. Manches ist ihm peinlich, manches bereitet ihm Sorgen ...

Dass er allen Mut zusammengefasst und mir diese Facette von sich gezeigt hat ...
... macht mich glücklicher als alles andere.
...
GRINS
Du grinst so!
Nein!
Du findest es doch albern!
Tu ich nicht! Überhaupt nicht!
KNEIF
Ich hab mich nur gefreut, dass ich etwas Neues über dich erfahren hab, Shirataki.
Und dachte mir, dass ich och viel mehr er dich erfahren möchte.
Wenn ich mehr erfahre ...
... werde ich mich sicher noch mehr in dich verlieben!
He he ...
BLUSH
Enoki hat gesagt, dass er mich liebt ...
Ich möchte schreien!
Wenn du schreist, erschreckst du die Angestellten ...
... also reiß dich zusammen, ja?

Der erste ♡♡♡

Sie sind schon einige Monate zusammen ...
... und sowohl ihr Verständnis, wie auch ihre Liebe für einander sind stärker geworden.
Und so haben sie beschlossen, dass es allmählich an der Zeit ist, sich an den ersten Sex zu wagen ...
DODOOM
Dass du dich entschieden hast den passiven Part zu übernehmen, weil du keine Erfahrung hast ...
... macht mich echt happy.
Ich hab mir nämlich gedacht, dass ich gerne den aktiven Part übernehmen würde ...
BLUSH
A... Ach so ...
Aber auch wenn ich etwas Erfahrung hab, ist es mein erstes Mal mit einem Mann.
Wenn dir etwas unangenehm ist, sag mir Bescheid und ich höre sofort auf.
Es soll für uns beide angenehm sein.
GERÜHRT
Shirataki ...

SCHWUPP
Dann lass uns mal losle gen ...
Mit Muskeln vollbe- packt
Ein 6- Pack!
ZUPP
W... Warte!
Ich hab dich doch noch nicht mal ange- fasst?!
Warte noch einen Monat!
BLUSH
Einen Monat?

Enoki fing an zu laufen …
… um mit größter Anstrengung speziell seine Muskeln zu stählen.
… mehr Proteine zu essen …
STOPF
Ich tu alles, um einen Körper zu bekommen, der zu Shirataki passt …!
Hah!
Aufmerksam beobachtete Shirataki Enoki, der wacker für sein Ziel kämpfte.
Uwah!
…
Was soll das, Enoki!?! Dabei wollte ich's doch mit dir tun. Falls irgendwas schlimm daran ist, hättest du es doch nur sagen brauchen! Argh! Jetzt schwitzt er und ich will's umso mehr mit ihm tun! Verdammt, ich will's mit ihm tun!
Ryosuke, du machst mir Angst! Lass den Raubtierblick!
Junpei, lauf weg!

Und dann ...!
Sie sind definiert!
Wenn auch kaum erkennbar!
4-Pack
Als ich
vorgenommen hab,
mir schön
uszuarbeiten,
haben
erstützt und
dann di
den Proteine
ich rede
pisch Otaku
Jaja ...
Schön für dich!
Ähm, Shirataki ...
PLOPP
... entschuldige noch mal, dass ich dich einen Monat hab warten lassen ...
... ja?
SCHWUPP

Enoki ...
... ich freu mich, dass du dir meinetwegen so viel Mühe gegeben hast ...
... aber ...
... hast du dir mal Gedanken gemacht, wie ich mich gefühlt hab?
Ich wurde ohne jegliche Erklärung sitzen gelassen ...
... und von einem Geliebten mit »Warte eien Monat« vertröstet.
Ah! Shirataki ... Da hast du recht ...
Es tut mir schrecklich leid ...
TSCHAK
Deswegen ...
... darfst du heute maximal dreimal »warte« sagen!

Hä?!
Ich werde auf dein »warte« hin bis zu dreimal anhalten.
AUSZIEH
Drei ...? Häää ...?
SCHWUPP
6-Pack
ZACK
Wah!
RITSCH
4-Pack
Wunderschön definiert, Enoki!
STREICH
Hyah!
ZACK
SLRP
Wah!
Ah!

Pff!
War nur angedeutet ...
...lich!
I... I... Ist mir das peeein...
Shirataki!
KISS
KISS
Gib nicht so leicht auf!
KISS
HUFF
HUFF
BLUSH
Warte!
Gyah!
Und da kommt's direkt rausgeschossen ...
N... Na, weil du mich an so 'ner Stelle geleckt hast!
Hat's sich nicht gut angefühlt?
E... Es hat gekribbelt.
Hmpf ...

Es scheint wohl echt ke nen Mann z geben, der nicht erreg-bar wäre.
Aber wenn's von Anfang an schon kribbelt ...
... scheinst du wohl sehr empfindlich zu sein.
Hä?!
SAUG
Ngh!
ZUCK
Es ist m pein lich ...
Ich schäme mich für mich ...
Ah!
ZUCK
Ah!
Uwah ...
ZUCK
SAUG
Die Laute rutschen mir einfach so raus ...
Enc ...
Du bist so süß ...
KISS
Hah!
Hah!
GLITSCH
Ah!
Aaah!

Shira-
taki ...
Ah!
Auf diese Weise komm doch nur ich auf meine Kosten ...
Mach dir um mich keinen Kopf!
Hah!
Hah!
ZUCK
ZUCK
GUTSCH
GUTSCH
GLITSCH
Du siehst so heiß aus, dass es mich richtig an-törnt.
Schau!
TATSCH
Uh!
Uwah!
POCH
POCH
Ist der groß ...
Ich hab vor, ihn dir reinzuste-cken ...
... also muss ich dich darauf vorberei-ten.
Reinst...?!
WEGROLL
Hä?!
Ieek ... Warte!
FLUTSCH
DRÄNG
TSCHUPP
TSCHUPP
TSCHUPP
Werd ich nicht!
Ah!

Uuh ...
Mh ...
SCHAUDER
TSCHUPP
TSCHUPP
SCHAUDER
SCHAUDER
Alles okay?
ZUCK
ZUCK
Hältst du's noch aus?
GLITSCH
GLITSCH
Enoki ...
...!
NICK
NICK
POCH
POCH
POCH
Mh
He he!
Heh!
Ich hab grad zwei Finger drin.
Gleich kommt noch ein dritter ...
Un-glaub-lich!
Wann ist das passiert ...?
Hah!
Hah!
DRÄNG
Ah!
Ngh!
ZUCK
ZUCK
Ah ...!

Enoki …
… er-regt dich das?
ZUCK
ZUCK
Hah!
Hah!
Das freut mich!
Im Netz stand, dass es dauern kann, bis man es anal erregend findet …
… daher ist es genial, dass es sich bei dir von Anfang an gut anfühlt …
ZIEH
… Enoki!
SCHRECK
STUPS
Enoki …
SLP
SCHRECK
Ah …
Wa…

Warte ...
ZITTER
ZITTER
Puh ...
Das ist das dritte Mal ...
Sorry ...
D... Das ...
... war mir plötzlich zu viel auf einmal ...
Aha ...
Dabei war ich ...
... mir sicher, darauf vorbereitet zu sein ...
KULLER

Enoki ...
BOING
... mir tut's ebenfalls leid.
KISS
Ich hatte mir vorgenommen, beim ersten Mal ein Gentleman zu sein ...
... und bis zum Schluss vernünftig zu bleiben ...
... es tut mir wirklich leid ...
... und ...
... aber noch länger hingehalten zu werden ...
... wäre ehrlich gesagt ...
... echt hart ...

Bitte nimm mich in dir auf ...
... Enoki.
POCH
GERÜHRT
A...
Sorry, dass ich Angst bekommen hab ...
POCH
POCH
Alles klar, Shirataki!
F... Führ ...
... ihn ein ...
Lass es uns bis zum Schluss durchziehen!
SCHLUCK

DRÄNG
Ah!
Uwah!
PAMM
PAMM
Ngh ...
Hah!
In mir ...
fühlt ich's rass n ...
Enoki, alles okay bei dir?
Ich werd mich jetzt langsam be-wegen ...
KISS
KISS
?!
Be-wegen ...?!
Hä?!
Warte!

...
Ah ...
KULLER
KULLER
W...
Was passiert, wenn ich die drei Mal überschreite ...
...
Liegt doch auf der Hand!
Ich bin nicht zu stoppen ...
GRINS
...!
SCHOCK
KNARZ
Ah!
KNARZ
KNARZ
Ah! Ah! Ieek!
KNARZ
KNARZ
Shiratak-ki, n... nicht!
Mach langsa-meeer!
KNARZ
KNARZ
Mmh, Enoki ...
Es fühlt sich so gut an! Meine Hüfte kann nicht stop-pen ...
KNARZ
Das geht nicht! Ich kann nicht mehr!
KNARZ
Enoki, lass uns zusammen kommen, ja?
Argh!
KNARZ
HEUL
HEUL
(Gefühlte 30 Jahre später)

...
ZWITSCHER
ZWITSCHER
TSCHIRP
Ich hatte ja eine Ahnung ...
ZWITSCHER
ZWITSCHER
... dass Sex so 'ne krasse Sache ist ...
Ob mein Körper das auf Dauer durchhält ...?
Genauer gesagt ist lediglich der Sex mit Shirataki heftig ...
.. aber da er Enokis rster Part- er ist und tzter blei- en soll, hat er keinen Vergleich
ZZZ
Er schläft tief und fest ...
Er sabbert ...
Hi hi!
Mhm!
KISS
Shirataki zu Liebe ...
... werde ich noch mehr Sport treiben und meine Ausdauer vergrößern!
Happy End!

Ich bedanke mich aus ganzem Herzen bei Redakteur H, Freund A, allen, die mich während der Fertigstellung der Kapitel angefeuert haben und bei allen, die dieses Buch erworben haben. Vielen herzlichen Dank!

Atsuko Yusen

(Hier folgt ein kleiner Kommentar)
Als jemand, der gerne Sport guckt und so manchen Sportler angefeuert hat, stand ich ziemlich unter Druck einen Manga-Charakter mit so einem Hintergrund zu zeichnen.
Ich dachte mir, wenn ich Shirataki im Manga nicht galant aus seiner Notlage befreien kann, werde ich womöglich am meisten drunter leiden (*lach*). Zum Schluss hat sich aber alles geklärt und Enoki darf sogar sein schlafendes Gesicht sehen. Das hat mich sehr erleichtert (*lach*).

Unsere gemeinsamen Tage

Atsuko Yusen

Profil

Ich liebe das Zeichnen über alles!

Kommentar

Ich habe daran gedacht, wie meine Jugend war und mich direkt daran erinnert, dass es sowohl schmerzhafte, wie auch liebliche und peinliche Momente gab. So ist die Jugend eben und darum geht es in dieser Geschichte.

Atsuko Yusen

TOKYOPOP GmbH
Hamburg

TOKYOPOP
1. Auflage, 2022
Deutsche Ausgabe/German Edition

Aus dem Japanischen von Iga Marta Handtke

Subarashii Kisetsu ni Yasashii Kimito

First published in 2019 by GENTOSHA COMICS Inc., Tokyo.
German translation rights arranged with
TOKYOPOP GmbH, Hamburg.
Original cover design: omochi design

Redaktion: Lisa Duty
Lettering: Vibrant Publishing Studio
Herstellung: Alina Kronenberg
Druck und buchbinderische Verarbeitung:
CPI – Clausen & Bosse GmbH, Leck
Printed in Germany

MIX Papier FSC® C083411
Wir achten auf die Umwelt.
Dieses Produkt besteht aus FSC®-zertifizierten und anderen kontrollierten Materialien.

ISBN 978-3-8420-7161-2

www.tokyopop.de